LE

BRÉSIL

PAR

Mme BRASILEIRA AUGUSTA

PARIS

LIBRAIRIE ANDRÉ SAGNIER

7, Carrefour de l'Odéon, 7

—

1871

LE BRÉSIL

J. Doublet
Remplaçant

LE

BRÉSIL

PAR

Mᵐᵉ BRASILEIRA AUGUSTA

PARIS

LIBRAIRIE ANDRÉ SAGNIER

7, Carrefour de l'Odéon, 7

—

1871

LE BRÉSIL

Le Brésil est cette vaste et riche contrée de l'Amérique méridionale qui s'étend depuis le majestueux Amazonas, le plus grand fleuve du monde, jusqu'à la Plata. Il renferme un grand nombre d'autres fleuves navigables, de magnifiques forêts aux admirables arcades naturelles, de superbes montagnes dont les sommets semblent toucher le ciel, de riantes prairies d'une végétation éternelle et où se trouvent les fleurs et les fruits de l'ancien et du nouveau monde. Et à toutes ces magnificences de la nature se joignent les agréments d'une civilisation progressive qui s'étale dans toutes les villes de ce beau pays.

Le Brésil, qui promet un grand avenir dont la clef est dans le cœur de la génération qui commence, offre partout à l'œil contemplateur du poëte et du naturaliste le spectacle le plus ravissant d'une poésie toute nouvelle et la source intarissable d'une étude approfondie.

L'Atlantique baigne à l'est seize de ses provinces, dont quelques-unes sont plus grandes en étendue que la vieille France. Des navires de toutes les nations commerçantes y amènent toutes sortes de marchandises et en emportent l'or, les diamants, le bois de teinture, et des denrées précieuses, le sucre, le café, le coton, la soie, le thé, le cacao, le caoutchouc, le tabac, une infinité d'autres productions dont le Brésil fait un riche commerce depuis 1808 que ses ports furent librement ouverts à toutes les nations étrangères en paix avec son gouvernement.

Aucun pays ne fut plus favorisé de la nature, ni n'offre d'un bout à l'autre un coup d'œil plus admirable et des ressources plus nombreuses et plus faciles pour l'homme laborieux et appréciateur des

riches merveilles que la commune Mère
créatrice a si abondamment répandues sur
ce sol béni. Mais aussi aucun pays, avec
tant d'avantages réels pour devenir la plus
grande nation du monde, ne fut plus né-
gligemment dirigé par ceux qui le décou-
vrirent et le gouvernèrent pendant plus
de trois siècles !

Le caractère des Brésiliens, en général
franc, probe et compatissant, leur remar-
quable désintéressement (type naturel de
la nation), la simplicité de leurs mœurs,
les profondes et durables affections de
leur cœur tout vierge encore de l'invasion
de certains calculs, et surtout leur pro-
verbiale hospitalité envers les étrangers,
que reconnaissent tous les voyageurs im-
partiaux, leur donnent en quelque sorte
l'empreinte des premières mœurs patriar-
cales dont les Européens semblent avoir
perdu même l'idée.

Cependant ce sont ces vertus, — qui distinguent si grandement et si particulièrement un peuple, — qui ont retenu plus
longtemps celui-ci sous la dépendance
de sa métropole, fière de conserver en-

chaîné ce géant *apprivoisé* qui semblait sommeiller en la laissant faire !

Livré à l'esprit guerrier qui le caractérisa jadis, le Portugal oubliait que si l'Etre suprême avait si prodiguement doué la plus importante de ses grandes conquêtes, ce n'était que pour l'appeler plus tard à jouer un des principaux rôles dans l'immense révolution qui doit affranchir le monde de l'esclavage et de l'ignorance.

Le *grand réformateur* de l'Europe, levant son front altier, ébranla de sa force électrique les fondements des plus redoutables monarchies. Son influence, franchissant les bords de l'Atlantique, parvint jusqu'aux rives fertiles de l'Amérique méridionale. Le jeune Brésil, foulant aux pieds ses propres intérêts, tendit généreusement les bras, dans un élan de sincère enthousiasme et d'amour, à la famille de Bragança qui, effrayée par un satellite de la grande comète de Corse, y vint chercher un asile.

Junot entra en Portugal, et le roi Jean VI établit sa cour à Rio Janeiro en 1808.

De l'un à l'autre pôle, l'Amérique sourit

dédaigneusement à l'aspect, tout nouveau pour elle, de cette couronne détachée du grand faisceau de ces enseignes qui distinguent les races privilégiées de l'ancien continent !

La *Terre de Santa Cruz* brisa la chaîne coloniale qui l'avait retenue jusqu'alors rivée au char du despotisme absolu de la métropole. Mais ce n'était pas assez; le titre de royaume uni au Portugal avait remplacé le nom de colonie, si improprement conservé à ce vaste continent.

Le Brésil avait droit d'aspirer à un autre plus digne de lui et plus en rapport avec l'esprit de son peuple et avec ses innombrables ressources.

L'amour de l'indépendance enflammait tous les Brésiliens; déjà une étincelle de ce feu sacré, dont brûlent tous les cœurs américains, avait brillé dans la province de Minas Geraes, portant dans l'incendie que des traîtres y ont allumé la liberté et le bonheur de Gonzaga, le célèbre chanteur de *Marilia* de *Dirceo*.

Depuis lors le Brésil montait toujours, sans redouter les menaces et les efforts du

Portugal pour le contenir dans sa juste. prétention, les marches escarpées du temple de la Liberté. Mais cet enfant géant devait payer le tribut de l'éducation négligée qu'il avait reçue.

La révolution de 1817 éclata, et de petits esprits souillèrent la grande œuvre des héros !

Dès lors les martyrs parurent et marquèrent de leur sang la glorieuse route de l'abnégation patriotique indiquée à tous ceux qui ont assez de cœur pour faire valoir et soutenir leurs droits dans la plus sainte des causes, — l'indépendance des peuples.

Assis aux bords du Tage, le génie dominateur du Brésil contemplait d'un œil inquiet les rapides progrès de ce grand enfant révolté qui, soumis autrefois, marchait, hardi maintenant, dans la même voie qu'avaient suivie les plus grandes nations.

Aucun Américain n'ignore les affreux événements de 1824, qui succédèrent à ceux de 1817 en ensanglantant pendant longtemps un vaste territoire si richement doué par la nature et en versant dans les cœurs des familles, naguère douces et unies, le germe d'une haine implacable et funeste qui, depuis, se développa toujours progressivement.

Ce peuple si docile et si patient qui se laissa mener pendant trois cent vingt-deux ans par le petit bout de la plus méridionale terre de l'Europe déchue de sa gloire passée, leva enfin généralement le cri : — Indépendance ou mort!

Ce cri sublime, si longtemps contenu dans les cœurs brésiliens, s'échappa, dans un moment suprême, des lèvres de l'immortel Pedro Ier, sur les rives fertiles de l'Ipiranga, province de Saint-Paul.

Le prince semblait inspiré par les plus magiques sourires de cette grandiose et imposante nature des Tropiques au milieu de laquelle il se trouvait, lorsqu'il reçut la dépêche de la cour de Lisbonne qui contrariait ses vues, et aussitôt on le proclama le grand héros de l'émancipation du Brésil!

Depuis l'Amazonas jusqu'à la Plata, le

même cri retentit avec le plus vif enthousiasme, et trouva de l'écho dans tous les
grands cœurs nés au Brésil et au delà de
l'Atlantique.

Mais il y eut des mécontents: les uns, se
promettant de rester fidèles à l'ancien ré-
gime, vouèrent une haine implacable à
tous ceux qui partagèrent les idées libé-
rales du fondateur de l'empire brésilien
(1822); les autres, éblouis par la perspec-
tive de gloire que leur présentait cette
nouvelle et libre monarchie, y voyaient le
seul moyen d'élever leur patrie au plus
haut degré de la prospérité.

Une autre haine non moins nuisible au
développement de cet empire à son début
troubla le repos de quelques-unes de ses
provinces, particulièrement de la noble
patrie des Caneca : ce fut la haine contre
les Portugais, de plus en plus enracinée
chez les familles et les coreligionnaires de
ceux qui avaient été décapités en 1817 et
en 1824.

Les actes du parti portugais, toujours
hostile à l'indépendance d'une nation qu'il
s'obstinait à regarder comme sa propriété,

contribuaient journellement à surexciter le juste ressentiment des Brésiliens révoltés contre sa prétention non moins absurde que despotique.

Mais, il faut le dire pour la vérité historique, aucun pays du monde ne se montra plus généreux que le Brésil envers ses cruels ennemis à l'époque de son indépendance, qui se fit, grâce à l'heureuse inspiration d'un prince enthousiaste et à la bonté naturelle du peuple brésilien, sans qu'une goutte de sang fût versée.

On ne doit pas confondre l'heureux mouvement qui amena l'indépendance du Brésil avec les agitations qu'y a parfois produites le parti démocratique toujours existant et dont l'avenir seul pourra mesurer les progrès.

Nous nous garderons bien d'ajouter la moindre réflexion sur ce grand problème que les hommes du passé ont transmis à ceux de l'avenir.

Notre but en écrivant ces lignes est de rapporter simplement quelques traits de son passé et de son état actuel.

Parmi les vingt provinces qui composent le vaste empire du Brésil, il y en a une surtout de laquelle on pourrait dire que le génie de la liberté l'avait choisie pour en faire son séjour.

Elle est située entre les Tropiques, sur un terrain presque partout plat. Des pluies torrentielles ainsi que les nombreuses rivières qui coupent en divers sens cette province la rafraîchissent dans les fortes chaleurs.

Malgré sa position géographique, on y jouit, à peu de distance vers l'intérieur, de nuits extrêmement fraîches et de jours délicieux.

Les doux zéphyrs portent dans ses bosquets éternellement touffus leur haleine bienfaisante, et des brises boréales soufflent à de certaines heures sur tout le rivage de la mer.

Sous la douce influence d'une atmosphère pure et éclatante, les habitants de ce pays goûtent sans interruption le bien-être incomparable qu'offre une nature toujours riante et partout prodigue.

On y voit des plaines tout émaillées de

fleurs; des arbres gigantesques, des arbres fruitiers, bordent les ruisseaux, les rivières et les fleuves qui fertilisent et embellissent le sol.

Toute la rive de la mer est bordée d'immenses et hautes files de cocotiers au feuillage vert-jaunâtre, dont le balancement nonchalant porte à l'oreille les sons d'un léger susurrement qui communique à l'âme sensible, dans les heures de solitude, des rêves tendrement mélancoliques. Là, selon l'expression du célèbre Humboldt, des troncs élancés de palmiers agitent leurs flèches panachées, perçant les voûtes végétales et formant en longues colonnades « une forêt sur la forêt ».

On trouve partout, dans cette riche et noble contrée, de précieuses productions; tout y est à souhait pour les plaisirs et le bien-être de la vie.

L'homme n'y pénètre pas sans découvrir quelque nouveau charme, et sa main *polissant* la nature ne l'a pas encore dépouillée de toute sa simplicité primitive qui fait son attrait le plus séduisant.

Une grande partie de cette province est

couverte de riches et élégants établissements de sucrerie, dont les propriétaires,
en général très-généreux, se procurent les
commodités et les agréments de la vie tout
en répandant à pleines mains les dons de
la bienfaisance.

Quelques-uns d'entre eux se font bâtir
de vastes et belles maisons, font cultiver
des potagers et des jardins magnifiques, et
rendent leur demeure le temple de l'hospitalité, où le voyageur est accueilli, traité
et soigné, s'il est malade, d'une manière
toute paternelle.

Les paysans, même les plus dénués de
fortune, offrent dans la simple rusticité de
leurs chaumières une hospitalité bien plus
digne d'être remarquée par l'empressement qu'ils mettent à obliger leurs hôtes.
Là, comme partout au Brésil, cette hospitalité désintéressée est, du reste, une vertu
commune.

Le savant naturaliste Auguste de Saint-
Hilaire, parlant de l'accueil que lui firent
les habitants du Logrador dans la province
de Minas, dit : « Ils me donnèrent à souper,
me firent également déjeuner avant mon

départ, et quoiqu'ils fussent peu aisés, ils ne voulurent rien recevoir de moi. Ce qui donne un mérite de plus à l'hospitalité de ce pays chez les gens les moins riches, c'est qu'elle est toujours accompagnée d'un air de satisfaction qui débarrasse le voyageur de toute espèce de gêne, et ce dernier serait presque tenté de croire que c'est lui qui oblige ses hôtes. »

Cette opinion de l'illustre voyageur sur le peuple brésilien est confirmée par ceux mêmes qui ont écrit les plus grandes absurdités sur ce vaste empire, lequel ayant 800 lieues d'étendue du nord au sud, 710 dans sa grande largeur de l'est à l'ouest et plus de 1,200 lieues de côtes, ne peut être connu et moins encore jugé par ceux qui n'y font que passer.

Et pourtant un voyageur qui n'a connu du Brésil que Rio Janeiro, où il n'a séjourné que quelques jours, prétend avoir une connaissance parfaite de tout le reste! Ainsi ce faiseur d'esprit et de phrases, que par indulgence nous ne nommerons point, a pris pour des neiges éternelles les nuages vaporeux qui coiffent les sommets des

2

montagnes gigantesques des Orgues, qu'on aperçoit de la ville de Rio Janeiro !

Le pays et ses différentes populations offrent une si grande variété de climats, d'habitudes et de mœurs, qu'on ne peut bien les connaître qu'à la longue, en y voyageant beaucoup et avec un esprit observateur.

Cependant quelques personnes légères ou malveillantes qui en ont à peine visité une petite partie, se plaisent à broder leurs récits de contes et de saillies ridicules, pour faire rire les Européens, sans s'apercevoir qu'elles commettent ainsi deux grandes fautes : l'une, de manquer de reconnaissance envers un peuple au milieu duquel elles ont toujours trouvé bon accueil et quelquefois la richesse ; l'autre, de voiler la vérité en laissant les lecteurs dans une complète ignorance au sujet d'un pays magnifique appelé à jouer, parmi les nations, un des rôles les plus importants.

Plusieurs villes, un grand nombre de bourgs et de villages qu'on trouve dans cette belle province qui nous occupe plus particulièrement, entretiennent un grand commerce avec leur capitale et offrent un agréable séjour ; la vie y est pleine d'ai. sance ; on y fait de délicieuses promenades aux curieux établissements de sucrerie, qui, en général, sont à peu de distance.

La capitale est bâtie sur le bord même de la mer : une enceinte de rochers s'étend à quelques brasses devant elle en lui faisant un rempart naturel où viennent se briser les vagues dans toute leur fureur, et en formant par un nuage d'écume le plus majestueux spectacle !

Deux belles rivières, coupant la ville en plusieurs endroits, lui donnent l'air d'une nouvelle Venise, et vont se jeter dans l'Atlantique en se joignant dans leur embouchure.

De beaux ponts réunissent les trois populeux quartiers, qu'on peut nommer trois villes dans une seule ville.

Les faubourgs et tous leurs environs offrent d'agréables et poétiques perspectives.

On aperçoit le long des rives de la première rivière des maisons bâties avec un goût recherché, de jolis jardins où les fleurs les plus délicates et les plus variées s'épanouissent en plein air pendant toute l'année.

Des bains commodes à demi cachés attirent les femmes des environs et rappellent aux esprits poétiques les naïades du Céphise et de l'Eurotas.

Une infinité de canots remplis de promeneurs remontent et descendent le torrent dans les fraîches matinées et au coucher du soleil; on y jouit ainsi du spectacle de ses rives enchanteresses qui se perdent vers l'intérieur, changeant toujours d'aspect et de charme, surtout jusqu'au delà du magnifique pont suspendu Caxanga, à quatre lieues de la capitale.

A une lieue de celle-ci, vers le nord et au bord de la mer, sur une haute colline entourée de palmiers élancés et de manguiers ombreux, s'élève, majestueusement mélancolique, l'ancienne, historique et pittoresque ville qui prit son nom de l'exclamation d'une reine de Portugal. En la voyant dessinée sur une mappemonde du Brésil :

— *O'linda !* (Oh ! qu'elle est jolie !) s'écria la reine; et ce nom resta à la ville de Duarte Coelho, son fondateur.

Des bosquets d'orangers odorants et de sapotiers, mystérieusement amoureux, qui par leur contact mutuel produisent ces fruits délicieux bien supérieurs en saveur et en délicatesse aux dattes de l'Orient et à l'abricot des serres de l'Europe, bordent la campagne opposée aux rivages de la mer. La seconde des deux rivières qui embellissent la capitale prend ici un aspect tout nouveau d'une poésie à la fois mélancolique et charmante.

En remontant vers sa source, on se trouve comme par enchantement enfoncé dans de sombres forêts qui ombragent ses rives poétiques. Si Olinda est aujourd'hui déchue de sa grandeur passée, la nature la venge de l'injustice des hommes en répandant tant de charmes dans ses environs.

Les esprits méditatifs, tristes ou amoureux préféreront toujours les rives solitaires de la Beberibe à celles si vivantes, si gaiement peuplées de la Capibaribe.

L'air y est plus frais, la végétation plus riche, l'âme sensible s'y sent disposée à la rêverie et aux douces émotions que le grand spectacle de la nature fait éprouver.

Quantité d'oiseaux aux couleurs brillantes et variées volent en gazouillant de l'une à l'autre rive, ou se cachent timides sous le feuillage des arbres, craignant le chasseur.

Un sable aussi blanc que la neige, du fond de l'onde limpide, invite le promeneur solitaire à se rafraîchir dans la saison des chaleurs, et des gazons aussi moelleux que le duvet lui offrent à l'ombre un lit de repos embaumé.

On rencontre souvent sur le bord de la rivière des groupes de blanchisseuses, filles de la Niger et du Congo, etc., qui subissaient naguère encore le joug honteux de l'esclavage. Ces filles présentent un tableau agréable à contempler par la franche et naïve gaieté de leur physionomie expansive et leur peau noire contrastant avec la blancheur irréprochable de leurs jupes courtes. En voyant leur extrême propreté, leur enjouement et l'empressement qu'elles

mettaient à rendre service aux familles qui
s'y promenaient, on ne pensait pas que ce
fussent là de pauvres esclaves dont le sort
était souvent confié à des maîtres durs et
égoïstes !

La campagne avec ses fleurs, ses vergers,
ses fruits, ses rivières et ses maisons de
plaisance, les forêts avec leurs ruisseaux,
leurs fleuves, leurs cascades, leurs habitants ailés, leurs cabanes, les grottes, les
précipices même, en cette province, sont
admirés par tous ceux qui se plaisent dans
la contemplation de la nature.

Quelques étrangers la nomment « le jar-
din du Brésil. »

Mais ce qui lui donne ce cachet de grandeur particulière qui la distingue parmi
toutes les autres provinces de l'empire,
c'est l'esprit de liberté qui y a régné de
tout temps et qui se rattache à tous ses
nobles faits historiques.

————

Ames sensibles, voyageurs attentifs qui
vous êtes arrêtés à cet endroit du Brésil,
aurai-je eu le bonheur de vous intéresser

à ma description et de raviver en vous le souvenir de ces sites, de ces paysages merveilleux ? Il me semble apercevoir d'avance sur vos lèvres le sourire de l'approbation, surtout si je prononce le nom de la ville qui s'est le plus illustrée dans les guerres contre les Hollandais : Pernambuco.

Si votre âme brûle du feu sacré de la liberté, vos pas se seront sans doute arrêtés en face de cette ancienne forteresse (la seconde qui se trouve sur l'isthme en allant du Recife à Olinda), noble vestige de la grandeur patriotique du XVIe siècle dans ces plages heureuses.

Les habitants prouvèrent à une nation orgueilleuse de l'Europe, alors dans sa plus haute gloire, ce que peut un peuple même nouveau et peu nombreux, mais fraternellement uni, quand il s'agit de défendre la sainte cause de la famille et de la patrie.

Sans aller chercher aux siècles les plus reculés l'exemple de la Grèce héroïque, vous trouverez là, dans cette forteresse, un moderne Léonidas, le jeune et immortel Fernandez Vieira qui, à la tête de trente-sept braves, résista, presque sans ressource, aux armes de quatre mille Hollandais, guerriers expérimentés, ayant pour eux tous les avantages que leur offraient leurs navires de guerre, les ressources de la capitale et tous les postes tombés déjà en leur possession.

L'histoire du Brésil marque encore bien d'autres faits importants qui révèlent à la fois la générosité et la bravoure de son peuple. Ne vous bornez pas à lire seulement quelques traits écrits par des personnes mal informées ou partiales qui, loin de rendre hommage à la vérité en mettant en relief les grandes actions de ce peuple naissant, ne cherchent qu'à étaler leur soi-disant savoir en censurant des fautes et des erreurs communes à tous les peuples et qu'elles auraient pu rencontrer sans franchir l'Atlantique.

Nous qui avons eu l'avantageux loisir de parcourir la partie la plus civilisée de l'ancien continent, nous avons eu souvent l'occasion d'y observer des types étranges et des habitudes barbares qu'on chercherait vainement ailleurs !

Si l'on voulait juger du mérite et de la civilisation d'un grand peuple par certaines habitudes et certaines mœurs répréhensibles, que ne dirait-on pas des habitants des deux plus grandes capitales du monde civilisé, si orgueilleuses, à juste titre, de leur prospérité et de leurs progrès? Chaque nation garde ses vertus et ses vices innés.

Nulle comparaison n'est à faire, du reste, entre un peuple nouveau ayant à surmonter une infinité de préjugés et d'erreurs laissés par ses dominateurs d'outre-mer, et régi par des lois qui datent à peine de trente-quatre ans, et les vieux peuples constitués depuis des siècles sous des gouvernements réguliers.

Personne jusqu'ici ne s'est occupé d'étudier sérieusement et de publier ce qu'il y a de plus important à savoir sur le Brésil.

Ce moderne Orient, mélange singulier de franchise naïve et de civilisation, de richesse et de simplicité, de douceur et de courage, de patriotisme et d'admiration pour les libres institutions des autres peuples, reste à peu près lettre close pour les naturalistes voyageurs, qui ne s'occupent que de sciences pour ainsi dire matérielles.

Ses richesses et ses splendides beautés naturelles les saisissent d'admiration et leur offrent des sujets inépuisables d'étude et de curieuses descriptions.

Ils passent sur l'histoire de son peuple et du développement de sa civilisation, à moins qu'ils ne l'écrivent superficiellement, à leur manière, la remplissant d'erreurs, quelquefois même de grossiers anachronismes, ne disant la vérité que sur les plantes, les minéraux et les bêtes.

Cependant, par exception, quelques voyageurs ont parlé de ces faits historiques avec une connaissance et une impartialité parfaites. Entre autres, nous citerons Rugendas, qui est rangé parmi les écrivains les plus consciencieux de notre siècle.

Dans son *Voyage pittoresque* au Brésil, parlant des guerres des Hollandais à Pernambuco, il dit : « Les Hollandais déployèrent une persévérance qui tenait de l'obstination ; ils avaient pour eux la supériorité de l'art militaire, de continuels renforts envoyés d'Europe et des richesses inépuisables; au contraire, les habitants de Pernambuco ne possédaient que leur héroïsme, nul secours ne leur venait de l'Europe.

Ils soutinrent quatre années l'effort des Hollandais.

..... Il est beaucoup de noms qui brillent et qui brilleront toujours dans les annales du nouveau monde; leur immortelle réputation est due aux plus nobles sacrifices, à l'héroïsme le plus pur, à la profondeur de vue et à l'habileté de l'exécution. »

Et là-dessus Rugendas fait à Camaran et à Henrique Dias de grands éloges, dont ces héros pernambucains se sont rendus si dignes.

« Alors même, dit-il encore, que tout paraissait perdu, une grande partie des habitants de Pernambuco refusa de se soumettre aux Hollandais. Ils partirent avec femmes et enfants pour le port voisin de Porto Calvo; de là, chassés encore par les Hollandais, ils vinrent à Bahia (province très-importante, où fut naguère la capitale du Brésil). Beaucoup d'entre eux, leurs

femmes, leurs enfants, périrent de faim
et de malaise dans leur marche à travers
des sertaôs. Les autres contribuèrent beaucoup à protéger Bahia contre l'attaque du
général hollandais Maurice de Nassau.

Après avoir parlé de l'activité des Hollandais, de leurs espérances sur cette colonie dont ils s'étaient emparés, de la
trêve de dix ans que le nouveau roi de
Portugal se vit obligé de conclure, de cette
convention violée par leur attaque im-
prévue sur Maranham, province floris-
sante au nord de Pernambuco, des vexa-
tions de tout genre et de leur intolérance
religieuse envers la partie du peuple gouvernée, après le départ de Maurice, par
trois commissaires, Rugendas ajoute :

« Alors un jeune homme, Fernandez
Vieira, entreprit de délivrer sa patrie. Il
appartenait à une famille considérée et
possédait de grandes plantations dans la
province de Pernambuco. Déjà il s'était
distingué dans divers combats contre les
Hollandais et notamment à la prise d'O-
l'nda, où il avait, avec trente-sept compa-
gnons et pendant six jours, défendu contre

toutes les forces ennemies le fort Saint-Georges (du Buraco aujourd'hui), qu'il ne rendit qu'à des conditions très-honorables et en rejetant avec un noble dédain la condition de ne jamais porter les armes contre les Hollandais. En 1645, il conçut le plan de s'emparer de la capitale de la province : se voyant trahi et dénoncé, il prit sur-le-champ la résolution de se dérober aux conséquences de son action en se révoltant ouvertement.

A la tête d'une petite troupe fort mal armée, il attaqua les Hollandais. Grâce à son inébranlable courage, à sa sagesse profonde, à son brûlant amour de la patrie, il réussit à communiquer son enthousiasme à ses compatriotes, et quoique la supériorité de l'ennemi lui fit essuyer quelques revers, les flammes de l'insurrection se répandirent sur toute la province de Pernambuco et sur les contrées voisines. Vieira fut l'âme de toutes ces entreprises ; ses richesses servaient à l'armement, à la nourriture des patriotes ; sans hésiter, il jeta lui-même la torche dans ses plantations pour que l'ennemi n'en pût tirer parti. D'abord les entreprises de Vieira ne furent point appuyées par le roi ; il lui ordonna même formellement de déposer les armes.

« Quand j'aurai, répondit-il, reconquis
« pour le roi l'une de ses plus belles pro-
« vinces, je recevrai de ses mains la puni-
« tion de ma désobéissance. »

A l'arrivée de Francisco Barreto de Meneses, le grand caractère de Vieira se montra sous une nouvelle face ; sans murmurer il remit le commandement au général nommé par son roi, et fit preuve du même zèle, de la même abnégation de soi-même, en se résignant à obéir dans un poste inférieur ; en un mot, il fut tel qu'il avait été quand il dirigeait l'entreprise.

En 1648, les Hollandais furent vaincus dans une bataille décisive, à Guararapi, près d'Olinda, et depuis lors, quoiqu'ils eussent remporté des avantages partiels, quoique leur général, Sigismond, fût vaillant et expérimenté, leur domination marcha rapidement vers sa fin. Olinda fut reprise en 1653, et l'année suivante, les restes des forces hollandaises se virent enfermés à Recife. Pour cette dernière attaque destinée à couronner l'œuvre, Vieira, ce généreux guerrier, s'adjugea le poste du péril et de l'honneur; le 17 janvier 1655, après une valeureuse résistance, le chef hollandais fut obligé de rendre Recife aux patriotes et de quitter le Brésil.

On nous blâmera peut-être (c'est encore Rugendas qui parle) d'avoir consacré ces pages à honorer le plus grand homme que le Brésil, que l'Amérique même puissent nommer dans leur première histoire, d'un homme qui, sans préjudice pour sa réputation, peut être comparé aux plus célèbres de notre époque.

Quel que soit le charme de cette nature si grande, si riche du nouveau monde, quelque impression qu'elle ait faite sur notre esprit, le souvenir des grands hommes qu'elle a produits, des nobles actions dont elle a été le témoin, lui donne une âme, lui communique une importance qui la met en rapport plus intime avec nous-même.

L'intérêt du présent, l'état actuel du Brésil nous occupe davantage, mais cela n'empêche pas que les Brésiliens ne soient ennoblis par la gloire de leurs aïeux. Ces faits anciens expliquent d'ailleurs beaucoup de choses actuelles ; ils servent aussi à résoudre des questions d'avenir.

Serait-ce à dire qu'un ouvrage dont le but principal est de décrire la nature et l'état social du Brésil ne pût faire aucun retour sur un passé si glorieux pour ce pays? Cette noble consécration de la gloire nationale serait-elle interdite au crayon fugitif de l'artiste?

Les événements récents ont montré que l'esprit d'indépendance s'était développé au Brésil dans la même proportion que la prospérité de ce pays.

Sa naissance remonte à ces temps de lutte dont nous avons retracé l'image, et l'avenir du Brésil paraît devoir ressentir l'influence de ces dispositions des habitants.

Dans le nouveau monde aussi, notre siècle a déclaré les peuples majeurs : la voix du prince a confirmé cette vocation en les appelant à la connaissance de leurs affaires, et cet esprit d'indépendance s'est

3

manifesté dans les provinces septentrionales du Brésil et surtout à Pernambuco.

Tandis que l'opinion publique dans les provinces méridionales et dans la plus grande partie du pays réclamait de plus en plus leur séparation d'avec la métropole, Pernambuco, de son côté, demandait non moins vivement à s'isoler du gouvernement central du Brésil.

Des mouvements qui y furent suscités en 1817 par Martins, l'insurrection de 1824 à la tête de laquelle se trouvait Carvalho, étaient sans doute l'ouvrage de quelques ambitieux; mais ce serait une erreur dangereuse de nier que l'esprit du fédéralisme, qui gagne de plus en plus en Amérique, n'ait fait de très-grands progrès parmi les habitants de Pernambuco et parmi ceux de Bahia. »

Le digne écrivain faisait ces réflexions avant que le même esprit se fît si grandement jour dans la noble province de Rio Grande du Sud, où le parti républicain résista pendant dix ans aux efforts de la monarchie, et ne déposa les armes qu'à des conditions très-avantageuses pour lui qui

les exigea et les obtint du gouvernement
central.

« Quoi qu'il en soit, continue Rugendas,
et quelque jugement que l'on porte sur les
causes de ces agitations, il est un fait in-
contestable : c'est que, dans la malheu-
reuse défense des habitants de Pernambuco contre les troupes impériales en
1824, les habitants ont fait preuve d'une
grande valeur et se sont imposé des sacrifices pour la meilleure des causes et avec
des succès différents.

Les citoyens de Recife et d'Olinda cou-
vrirent de leurs cadavres les positions que
leur avaient confiées des chefs inexpéri-
mentés; ils ont montré qu'en eux n'était
point encore éteinte l'ardeur de leurs an-
cêtres. (Encore récemment même, dans la
désastreuse guerre de Crimée, plus d'un
Brésilien fit preuve de cette ardeur belli-
queuse.)

Si cet esprit, si les excellentes dispositions qui distinguent le caractère des Brésiliens du Nord sont les garanties de l'avenir du pays, d'un autre côté, il faut bien
reconnaître que l'égoïsme des chefs de

parti, l'aveuglement et la faiblesse du chef du nouvel État, pouvaient faire sortir de ces mêmes dispositions le germe qui produirait les fruits les plus amers. — Puisse le dominateur actuel de ce beau pays (s'écrie comme inspiré Rugendas en finissant cette partie de son ouvrage) résoudre encore cette difficile question ! Puisse-t-il s'épargner à lui-même, à ses successeurs et surtout à son peuple, les terribles épreuves qui paraissent le menacer encore ! »

Voilà une plume étrangère qui a su rendre justice au mérite du peuple brésilien et en faire une appréciation digne de l'esprit qui le distingue et de la destinée qui l'attend.

Rugendas, tantôt assis sur les bords de la mer, tantôt dans les sites les plus pittoresques de l'intérieur du Brésil, dessina les ravissants paysages que tout le monde connaît, contenus dans son grand ouvrage déjà cité, et quittant quelquefois le crayon pour la plume, il se fit un devoir de transmettre ainsi aux Européens une page de l'histoire de l'enfance de ce peuple. Il y ajoute des réflexions profondes et consciencieuses qui révèlent le penseur chez l'artiste.

Vous qui, tout en vous piquant de bien connaître l'histoire des peuples, montrez une parfaite ignorance de celle du Brésil, lisez le *Voyage pittoresque* de Rugendas, et songez en le lisant que, depuis les événements qu'il raconté, le progrès de la civilisation dans ce noble et beau pays a marché aussi vite qu'il fut lent à se développer parmi les Francs.

Le Brésil actuel ne porte envie à aucune nation du monde ; car, comme nous l'avons déjà dit, il renferme dans son sein tous les éléments qui en peuvent faire une nation des plus considérables.

Ses habitants, outre les vertus que nous leur connaissons déjà, sont très-aptes à tous les arts et à toutes les sciences, que plusieurs d'entre eux ont approfondis plus qu'il ne le faut pour se faire un nom, une réputation dans bien des pays d'Europe.

Le Portugal, l'Espagne, Rome, toute l'Italie, les ont admirés dans leurs chaires, dans leurs associations scientifiques et littéraires.

Plusieurs autres nations ont possédé dans leur sein une partie de sa jeunesse qui s'est fait remarquer dans toute sorte d'études.

Le Brésil compte aussi des hommes de guerre remarquables, qui se sont distingués par leurs talents militaires et leur courage dans l'ancien comme dans le nouveau monde.

En 1578 Acacer Quivir témoigna de l'intrépide courage et de la noble générosité qu'avait montrés un guerrier brésilien, Jorge d'Albuquerque Coelho, écrivain distingué, dans la fameuse bataille que les braves Portugais, à côté de leur jeune et malheureux roi, D. Sebastian, livrèrent à la grande armée de Muley Moluco.

Bien d'autres vinrent ensuite dont l'histoire de cette contrée fait une honorable mention.

Il ne manque point au Brésil de grands littérateurs, de philosophes profonds, de jurisconsultes, de législateurs, de théologiens, etc. La poésie et la musique bercent l'enfant brésilien aussitôt que ses yeux s'ouvrent à la lumière ; en grandissant, ils étudient cette poésie et cette musique dans leur ciel azuré et dans le chant mélodieux des oiseaux de leur pays. Ceux mêmes qui se livrent tout à fait à l'étude des sciences exactes et des froides règles des arts, ne laissent pas que de rester poëtes et musiciens de cœur.

Notre siècle, si fertile en génies de ce ordre dans la jeunesse qui se lève entre l'Amazonas et la Plata, admire la fraîcheur de la muse octogénaire du vénérable Brésilien qui fut apprécié en Europe comme une capacité scientifique, et passa à juste titre dans son pays pour le premier homme d'Etat.

Aux environs de Bordeaux, lors de son exil, il s'inspirait du souvenir de la chère patrie, où plus tard, éclatante preuve de confiance, il reçut de la main même de celui qui l'exila la tutelle de l'enfant impérial.

Cette lyre brésilienne chanta, parmi les sujets que lui fournissait sa patrie, celui qui attirait alors l'attention de toute l'Europe, la lutte des Grecs contre les Turcs pour reconquérir leur indépendance.

L'ode que José Boniface d'Andrada dédia aux Grecs est la digne rivale des poésies qu'à cette époque écrivirent sur le même sujet les grands poëtes Casimir Delavigne et Victor Hugo.

Nous n'oublierions pas de parler louangeusement de A. Porto Allegre, si nous devions passer en revue tous les poëtes brésiliens qui se sont illustrés.

D'après ce que nous venons de dire, les Européens qui ne connaissent du Brésil que les paysages, les animaux et les races d'indigènes, représentés par des gravures plus ou moins bien exécutées, comprendront le sourire qui effleure les lèvres du Brésilien philosophe quand on lui demande si en son pays il y a des hommes instruits dans quelques branches de la science, et si l'on y voit beaucoup de blancs et des personnes qui fassent de la musique, qui sachent écrire, etc. !

Quand on voit dans les salons de Paris des Brésiliennes qui y déploient quelque talent, on leur demande aussitôt si elles ont fait leur éducation en France. Il n'y a pas encore longtemps que nous avons été

nous-même témoin de l'étonnement général que produisit dans un petit cercle lit-
téraire une personne qui y était accueillie
et admirée par ses connaissances variées :
on ne pouvait comprendre qu'étant née au
Brésil, elle eût pu y acquérir tout ce trésor
qu'elle prodiguait avec une grande modes-
tie, malgré les éloges dont on l'accablait.

De même on s'étonne de voir un Brésilien à la peau blanche, car la plupart des
Européens se sont mis dans la tête que
tous les Brésiliens doivent avoir le teint
basané des races indigènes de ce pays.

En 1832, un illustre Brésilien, le docteur
de Barros, dont la fin tragique et préma-
turée fut si sensible à sa patrie, voyageant
en Europe, descendit un jour dans une
ville du nord de l'Allemagne chez un per-
sonnage auquel il avait été recommandé.

En l'absence du maître de la maison, sa
femme, sachant que c'était le Brésilien at-
tendu par son mari depuis quelques jours,
le reçut avec toute sorte d'égards, et d'un
air émerveillé. Puis elle sonna et parla à
demi-voix à un domestique qui parut et
sortit aussitôt de l'appartement. A peine

s'était-il écoulé un quart d'heure, que notre voyageur fut frappé d'un bruit de pas dans l'escalier, comme si plusieurs personnes le montaient à la hâte. Un instant après, il vit entrer au salon une belle et très-élégante dame suivie de deux jeunes filles et de trois petits garçons, qui, sans paraître faire attention à lui, s'écrièrent tous à la fois :

— Mon Dieu! ma sœur, ma tante, montrez-nous le Brésilien !

— Le voilà, dit la spirituelle maîtresse de la maison en indiquant son hôte.

La plus âgée des dames le salua alors tout embarrassée et, prenant un air sérieux, dit à sa sœur (c'était la sœur de la maîtresse de la maison) :

— Est-ce que tu te moques de nous, en nous faisant venir pour voir un monsieur qui n'a point la lèvre trouée, ni aucun des signes caractéristiques du naturel du Brésil?

— J'ai voulu te ménager la même surprise que j'ai éprouvée en ayant le plaisir de voir M. le docteur, lui répondit la sœur.

Et elle fut bien plus confuse encore de son ignorance quand, avec une charmante politesse, le docteur de Barros se mit à lui faire une leçon abrégée et claire de l'histoire de la nation la plus avancée de l'Amérique méridionale, en ramenant son esprit vers le centre des forêts de l'intérieur pour lui faire retrouver le type du sauvage qu'elle croyait chez tous les Brésiliens.

Le souvenir de ce trait, que nous tenons du docteur lui-même, nous revient tout naturellement en écrivant cette notice. Il servira à constater l'erreur où sont encore beaucoup d'Européens à l'égard de ce grand empire où règne une civilisation avancée et où le goût du luxe s'explique par un désintéressement, une prodigalité même qu'on ne trouve plus en Europe.

Le Brésil, jadis l'objet des convoitises des grandes nations européennes qui vinrent lui faire la guerre sans succès durable, est actuellement la nation la plus importante de l'Amérique du Sud, et la seule de ce vaste continent qui possède un gouvernement monarchique.

Toutes les nations voisines, gouvernées d'après le système démocratique, sont bien loin de jouir, comme le Brésil, d'une pleine liberté dirigée par des lois sages et douces.

Les étrangers y sont accueillis avec bonté, et souvent même avec trop de confiance, car plus d'une fois il s'est trouvé des hôtes ingrats qui ont payé par des railleries les bienfaits reçus dans cette *terre de promission*.

Connaissant particulièrement le Brésil, où nous avons beaucoup voyagé pendant toute notre jeunesse et où nous avons observé avec une sévère impartialité les mœurs, les coutumes, l'esprit et les sentiments du peuple, ainsi que tout ce qui a rapport aux progrès des sciences et des arts, nous voudrions contribuer à mieux faire connaître ce beau pays à l'Europe, surtout à la France pour laquelle il a toujours eu une vive sympathie.

Cette tâche nous paraîtrait douce si, en la remplissant, nous pouvions concourir en quelque sorte à préparer de loin la grande œuvre de l'avenir, et montrer aux yeux de l'Europe chancelante les immenses ressources que la partie la plus fertile et la plus fraternellement gouvernée de l'Amérique, le Brésil, peut lui offrir par la colonisation. Jusqu'ici, quelques associations particulières avaient seules tenté, avec plus ou moins de succès, des essais sérieux de culture ou d'industrie au Brésil. Mais le gouvernement vient de prendre de sages mesures pour favoriser plus efficacement l'immigration dans cette terre bénie.

———

Les classes laborieuses de l'Europe que le désir de voir leur travail mieux récompensé porte à émigrer vers le Brésil, verront un encouragement dans le triomphe final que les Brésiliens viennent d'obtenir, après une guerre acharnée de cinq ans, contre le moderne Caïn du Paraguay, ce monstre qui fut le fléau de ses compatriotes.

Cette victoire, remportée le 1er mars 1869, et qui fut signalée par la mort du tyran Lopez, hâte la solution, depuis si longtemps proposée à la Chambre des représentants à Rio Janeiro, de l'émancipation de l'esclavage, qui offre aux émigrés européens une plus favorable et plus sûre garantie pour leurs intérêts à venir au delà de l'Atlantique, sur le sol le plus fertile de l'Amérique, où règne un monarque savant, libéral et humanitaire.

Dom Pedro a été, pour le Brésil, un homme providentiel.

Ce noble descendant de la maison royale de Bragança fut élevé sans faste, comme il convient à un monarque constitutionnel, et vécut toujours simplement au milieu du peuple brésilien. On lui confia les rênes du gouvernement qu'il n'était encore qu'un enfant (il avait quinze ans), et déjà il donnait des preuves de cette modération, de cette sagesse, de ce caractère conciliant, de cet esprit de tolérance qui devaient plus tard éviter d'énormes difficultés à son pays.

Depuis trente ans que dom Pedro est sur le trône, le Brésil a pu successivement apprécier les bienfaits de ce règne sans exemple.

D'abord, ce vaste empire dont les frontières touchent aux républiques les plus importantes de l'Amérique du Sud (son étendue égale un quinzième du globe terrestre et un cinquième du nouveau monde), ce vaste empire comptait un grand nombre de démocrates ; dans la seule province de Rio Grande du Sud, les républicains purent tenir en échec pendant dix ans les armées impériales ; aujourd'hui, républicains, démocrates ne sont plus que des partis évanouis ; et depuis vingt ans les Farapillos du Sud, comme les républicains du Nord, se sont soumis au gouvernement.

Deux fois, les provocations les plus téméraires et les plus coupables forcèrent dom Pedro à tirer l'épée. Aidé de ses voisins intéressés comme lui à renverser les rebelles et les tyrans, il resta victorieux. Dans la guerre du Paraguay, dom Pedro et ses alliés avaient déclaré qu'ils faisaient la guerre au dictateur, non au peuple paraguayen. Lopez mort, la paix suivit aussitôt, et l'on n'eut pas le spectacle de ces rigoureuses exigences, de ces revendications ambitieuses qui sont trop souvent dans les habitudes des vainqueurs.

L'empereur eut toujours pour premier
objectif le développement de tous les progrès et de toutes les libertés. Aussi la civilisation a marché à pas de géant dans ces
heureuses contrées, où partout, du reste,
la nature si prodigue contribue à la prospérité des populations.

Il fallait des voies de communication
fluviale et maritime dans un pays baigné
par l'Océan sur une longueur de douze
cents lieues et qui possède quarante-deux
ports ; l'empereur n'a rien négligé depuis
une quinzaine d'années pour exécuter ces
voies de communication et pour réaliser
tous les projets qu'il forma pour l'accroissement incessant du commerce et de l'industrie.

Aujourd'hui de nombreux bateaux à
vapeur sillonnent l'Amazonas qui s'étend
en territoire brésilien sur un espace de
cinq cents lieues ; et ce qui surtout a favorisé la navigation, c'est cette mesure
salutaire, on ne peut plus méritoire, ce décret qui créa la liberté du cabotage.

Un des projets qu'a toujours caressés
dom Pedro, c'est la gratuité de l'instruc-

tion primaire, qui est établie déjà dans plusieurs provinces.

Mais il est un événement, le plus considérable de ce règne, qui fait surtout honneur à dom Pedro. L'empereur, depuis quelques années, ayant affranchi tous les esclaves qni se trouvaient sur ses propriétés privées et sur les domaines de l'État, avait laissé entrevoir la loi du 28 septembre 1871, qui a affranchi définitivement, dans tout le territoire brésilien la race noire esclave, avec des ménagements habiles de nature à assurer la protection des affranchis, la sauvegarde des intérêts des propriétaires et de ceux du trésor public.

Tel est l'homme simple et grand à qui les générations futures garderont une inaltérable reconnaissance ; tel est celui en qui la génération actuelle ne sait qu'admirer le plus, du savant, de l'érudit, du philosophe ou de l'empereur.

FIN.

PARIS. — IMPRIMERIE BLANPAIN
114, boulevard Montparnasse.

PARIS. — IMPRIMERIE BLANPAIN

Boulevard Montparnasse, 114

www.ingramcontent.com/pod-product-compliance
Lightning Source LLC
Chambersburg PA
CBHW061701180626
46818CB00003B/1200